伊索寓言繪本系列

烏鴉喝水

圖文：布萊恩妮・克拉克森

翻譯：李承恩

園丁文化

園丁文化

伊索寓言繪本系列
烏鴉喝水

圖　　文：布萊恩妮‧克拉克森
翻　　譯：李承恩
責任編輯：黃偲雅
美術設計：許鍩琳
出　　版：園丁文化
　　　　　香港英皇道 499 號北角工業大廈 18 樓
　　　　　電話：（852）2138 7998
　　　　　傳真：（852）2597 4003
　　　　　電郵：info@dreamupbooks.com.hk
發　　行：香港聯合書刊物流有限公司
　　　　　香港荃灣德士古道 220-248 號荃灣工業中心 16 樓
　　　　　電話：（852）2150 2100
　　　　　傳真：（852）2407 3062
　　　　　電郵：info@suplogistics.com.hk
印　　刷：中華商務彩色印刷有限公司
　　　　　香港新界大埔汀麗路 36 號
版　　次：二〇二二年十一月初版

© 2022 Ta Chien Publishing Co., Ltd
香港及澳門版權由臺灣企鵝創意出版有限公司授予

ISBN: 978-988-7658-32-0
© 2022 Dream Up Books
18/F, North Point Industrial Building, 499 King's Road, Hong Kong
Published in Hong Kong SAR, China
Printed in China

前言

　　《伊索寓言》相傳由古希臘人伊索創作，結集了來自世界各地的故事，約三百多篇。

　　《伊索寓言》對後代歐洲寓言的創作產生了重大的影響，不僅是西方寓言文學的典範，也是世界上流傳得最廣的經典作品之一。

　　《伊索寓言繪本系列》精心挑選了八則《伊索寓言》的經典故事。這些故事簡短生動，蘊含了深刻的道理，配以精緻細膩的插圖，以及簡單的思考問題，賞心悅目之餘，也可以啟發孩子和父母思考。

　　編者希望此套書可以給孩子真、善、美的引導，學習正確的待人處事方法。以此祝福所有孩子能擁有正能量的價值觀。

故事簡介

　　《烏鴉喝水》這個故事，告訴了人們「有志者事竟成」的道理。

　　口渴的烏鴉發現了半瓶水，但是瓶口太窄了，他根本喝不到。為了解渴，烏鴉冷靜地思考解決辦法，嘗試投入小石子讓水位升高，終於靠着聰明才智順利喝到水了。

天氣又熱又乾燥，有一隻烏鴉到處尋找解渴的飲料。

5

6

在花園的餐桌上，他發現了裝着水的瓶子。
「終於找到了！」他想，「我可以解解渴了！」

水瓶很高，瓶頸很窄，烏鴉仔細觀察瓶子。

烏鴉發現大部分的水
已經被喝掉了。

他盡可能地嘗試，卻
還是喝不到瓶裏的水。

他要怎麼做才能喝到
水呢？

他坐下來想了一想。

突然想到好主意！

15

16

他開始收集花園裏四面八方的
小石子。

他飛到水瓶上方把小石子
投進瓶子裏。

一次……

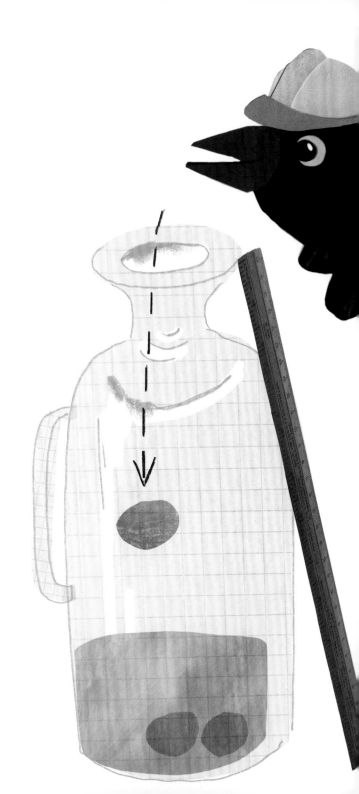

又一次……

再一次……

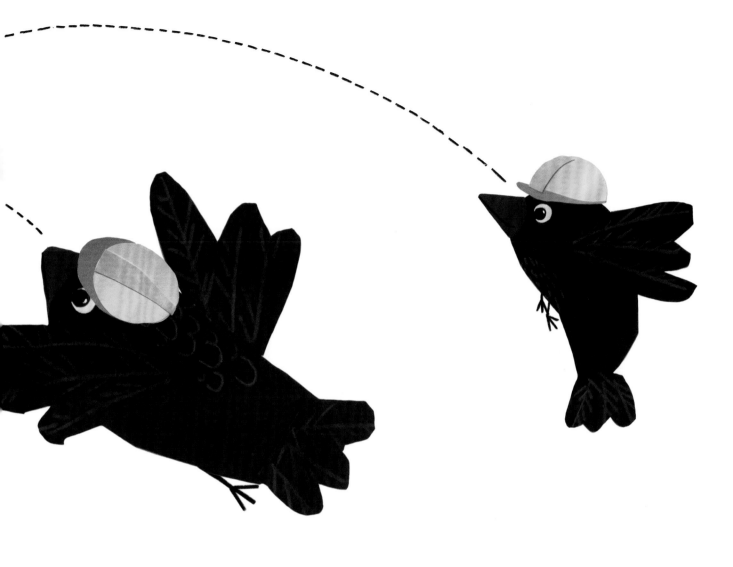

然後又一次，再一次，再一次。

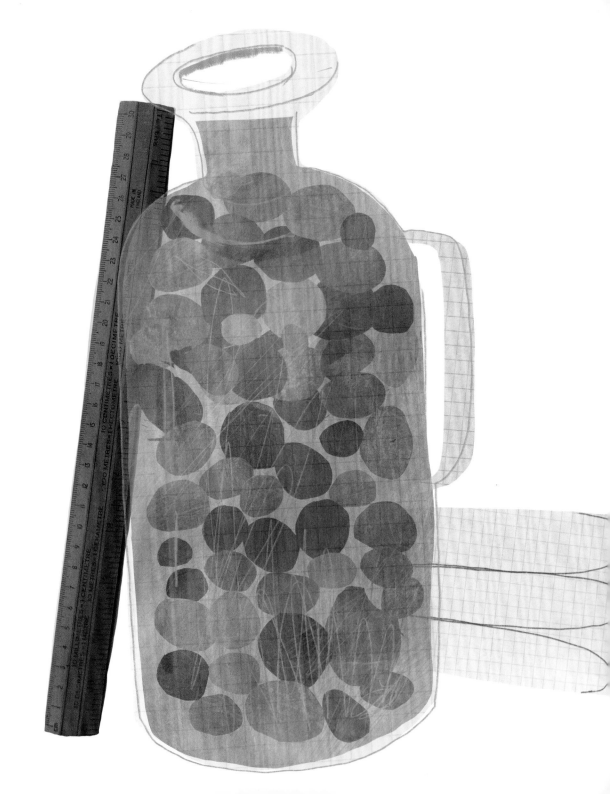

工作了一段時間後，他很高興地看到水位
已經漲到了瓶子的頂部。

這隻烏鴉面對困難時並沒有放棄，反而冷靜地思考解決辦法，一點一點地嘗試，終於以機智和耐心得到了獎勵。

思考時間

1. 你覺得烏鴉聰明嗎？為什麼？
2. 如果你是這隻烏鴉，你還能想出別的好方法嗎？

作者介紹

　　布萊恩妮・克拉克森（Bryony Clarkson）是一位英國插畫家，在美麗的牛津市生活和工作。她利用剪紙拼貼，並結合電腦繪圖的加工方式，創造出有趣而古靈精怪的圖畫。布萊恩妮最喜歡畫具有特色的動物和鳥類。除了繪畫外，她還喜歡旅行冒險、奶茶、紅鶴，以及古董書。